Para mi abuela Teresa, a quien no tuve tiempo
de enseñar a leer y le habría gustado con locura.
Beijos, Avó.

É.C.


Para Milo.

N.D.

# MI ABUELO

Émilie Chazerand · Nicolas Duffaut

Corimbo

Desde pequeño, mi abuelo tuvo que trabajar
y no le quedó tiempo para jugar.
Labraba la tierra como el que más,
pero la escuela no la visitó jamás.
Aprendió a leer en las nubes y el viento.
Fue su único juego, su único entretenimiento.

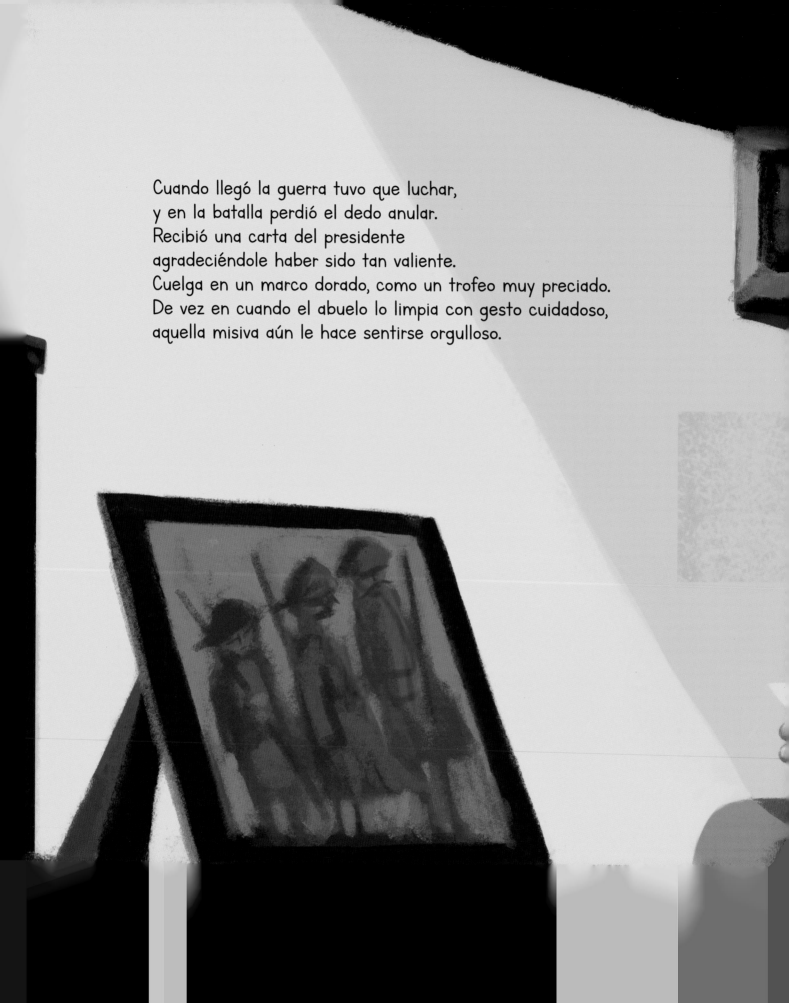

Cuando llegó la guerra tuvo que luchar,
y en la batalla perdió el dedo anular.
Recibió una carta del presidente
agradeciéndole haber sido tan valiente.
Cuelga en un marco dorado, como un trofeo muy preciado.
De vez en cuando el abuelo lo limpia con gesto cuidadoso,
aquella misiva aún le hace sentirse orgulloso.

Terminada la guerra, aprendió a trabajar la madera.
Todo el mundo conocía a Carlos el Carpintero:
fabricaba cunas para los más pequeños,
pupitres para las escuelas del condado entero
y balancines para los viejos lugareños.
También fabricó, junto a la abuela Laura, a mi tío Clemente,
a mis tías Antonia y Margarita, y a mi madre, finalmente.

El abuelo me enseñó un montón de cosas importantes:

—a tocar la armónica;

—a fabricar silbatos con hojas;

—a beber agua con las manos;

—a trepar a los árboles;

—a coger ortigas sin que piquen;

—a reconocer las estrellas;

—a trenzar coronas
de espigas de trigo;

—a hacer rebotar piedras
en el río;

—a quitarme el hipo;

—a sujetar los gatos
por el cuello;

—a enganchar el cebo al anzuelo;

—a dibujar sombras de animales
con las manos.

Eran muchas cosas y por miedo a olvidarlas las anoté en un papel.
Y fui a mostrar la lista al abuelo para revisarla con él.

—Me encantaría ayudarte, hijo, pero sin gafas
no veo nada. Las habré olvidado en algún rincón...
Ya lo miraremos en otra ocasión.
Por todas partes con ahínco las busqué
y no me rendí hasta que las encontré.

—Estoy algo cansado, querido.
Además, ya casi ha oscurecido.
Mañana lo miramos, en cuanto podamos.

Encendí la luz, y su resplandor brillante
hizo parpadear al abuelo un instante.
Ya no valían excusas.

—Li... lisss... listaaa... lista d...
de... de co... de cosss...

En el estómago sentí un nudo,
una especie de pellizco agudo.
—Abuelo... ¿no sabes leer?
Hizo un gesto de encogimiento,
el de quien no tuvo ocasión de aprender
y solo conoce el lenguaje del viento.

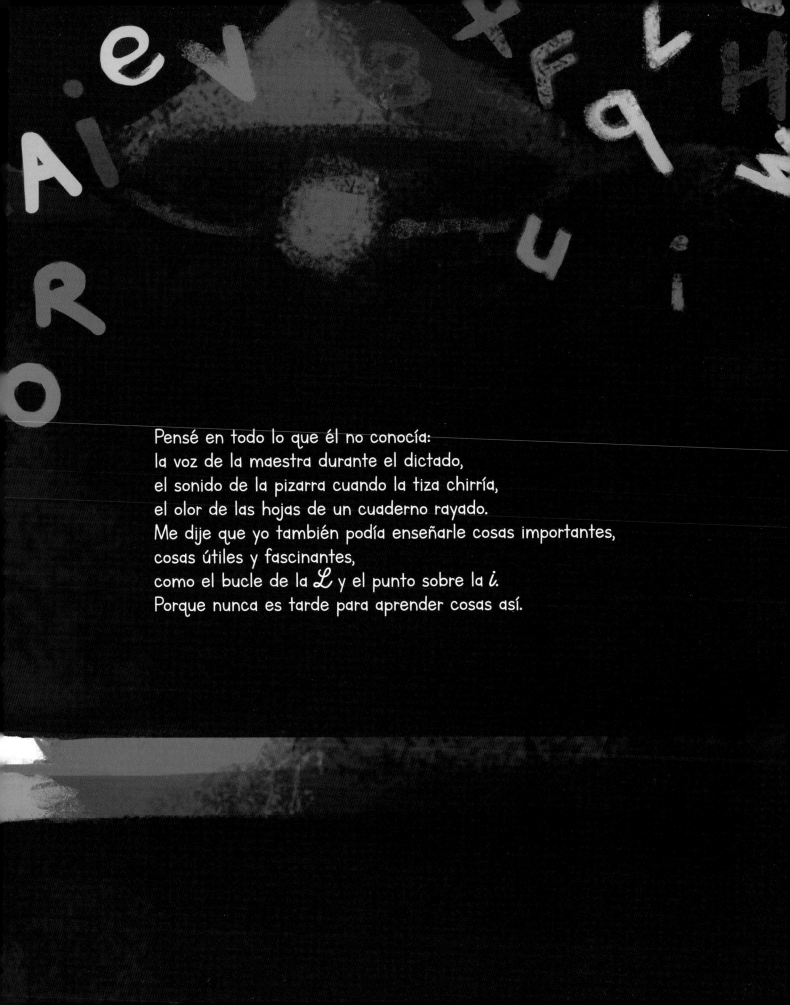

Pensé en todo lo que él no conocía:
la voz de la maestra durante el dictado,
el sonido de la pizarra cuando la tiza chirría,
el olor de las hojas de un cuaderno rayado.
Me dije que yo también podía enseñarle cosas importantes,
cosas útiles y fascinantes,
como el bucle de la $\mathcal{L}$ y el punto sobre la $i$.
Porque nunca es tarde para aprender cosas así.

Escribimos juntos un montón de *aes*, montañas de *oes* e infinidad de *es*.
Ahora conoce todo el abecedario del derecho y del revés.
Sabe enlazar las letras para formar palabras
y pronto podrá trenzar incluso frases largas.
Su voz todavía titubea un poco al leer.
La mano todavía le tiembla sobre el papel.
Pero se siente orgulloso de su nuevo saber.

El otro día le mostré su dictado a mi maestra Noemí.
Se lo conté todo: el campo, la guerra,
la carta del presidente y el pellizco que sentí.
No dijo ni mu. Con gran concentración
tomó los ejercicios del abuelo y se puso a corregir,
mientras yo la observaba con atención.
En cuanto me los devolvió, eché a correr.
Quería que el abuelo lo pudiera ver.

—¡Abuelo, tengo una sorpresa para ti!
Y le devolví la hoja gritando: "¡tararí!".
El abuelo leyó en voz alta concentradamente
y el rostro se le iluminó de repente:
"Bonitas consonantes, bellas vocales: un alumno excelente".
Con los dedos acarició, emocionado,
aquella nota que llevaba un doble subrayado.
En lo alto de la página, un «*Sobresaliente*»
lucía como un sol resplandeciente.

Descolgó la carta amarillenta del presidente
y la sustituyó por aquel «*Sobresaliente*».
Ahora luce en la pared y él está contento,
aunque apenas lo mira, no tiene tiempo.
Todos los días jugamos al Scrabble antes de cenar.
¡Y se nos da más que bien, no se puede negar!

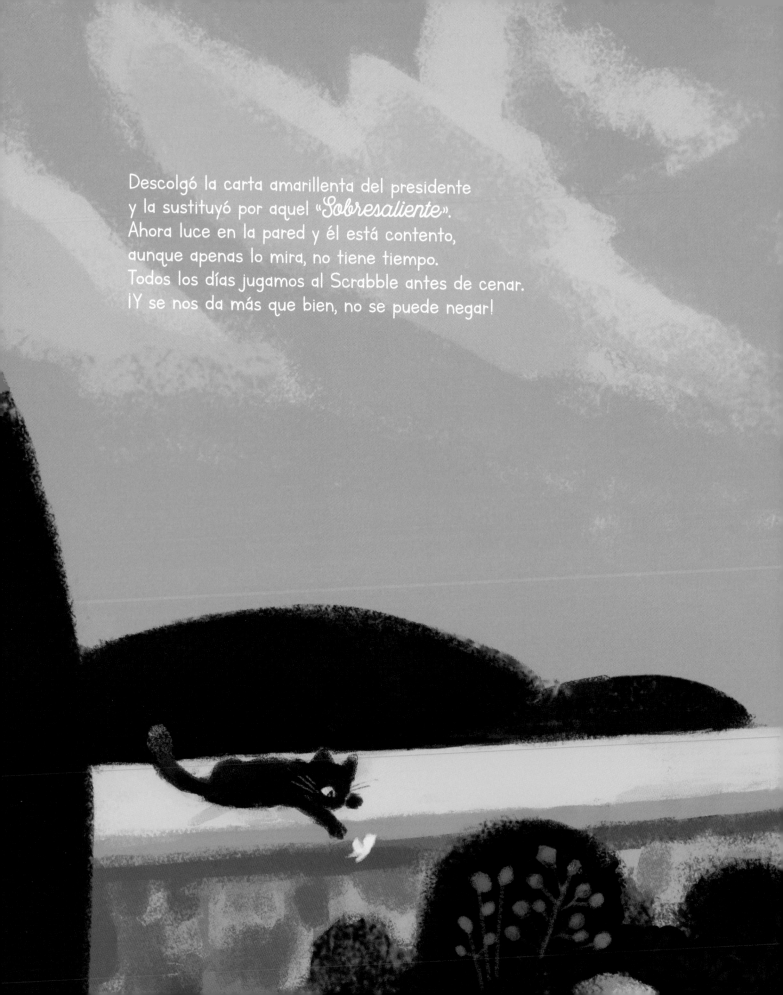

© 2020, Editorial Corimbo por la edición en español
Avda. Pla del Vent 56, 08970 Sant Joan Despí (Barcelona)
corimbo@corimbo.es / www.corimbo.es

Traducción al español de Maria Lucchetti
1ª edición abril 2020
*Mon pépé* © Hachette libre / Gautier-Languereau, 2018
Copyright del texto © 2018 Émile Chazerand
Copyright de las ilustraciones © 2018 Nicolas Duffaut

*Impreso en Arlequín (Barcelona)*
Depósito legal: B 4882-2020
ISBN: 978-84-8470-615-1